聶魯達

船長的詩

陳黎・張芬齡——譯

Los Versos

Pablo Neruda

del capitán

愛

El amor

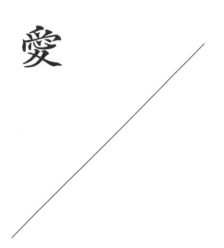

2

慾

El deseo

3

怒

Las furias

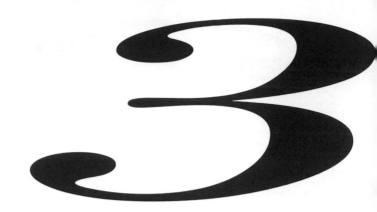

4

生

Las vidas

5

Odas y Germinaciones / Epitalamio / La carta en el camino

【譯序】

小我與大我之愛

陳黎・張芬齡

一九九五年上演的電影《郵差》（*Il Postino*），使拉丁美洲家喻戶曉的詩人聶魯達，變得舉世皆知。《郵差》故事內容講述流亡國外的聶魯達和義大利某小島上一名郵差之間的動人情誼。這位名叫馬利歐的年輕人，受僱爲聶魯達的私人信差，也因此有機會結識詩人，進而走入詩的世界；聶魯達的詩作以及政治理念，像一根根透明的絲線，穿行於馬利歐的生活和思想，從此他的人生有了重大的改變。這部影片不但獲得了包括「最佳外語片」在內的多項奧斯卡金像獎提名，也喚起了世人對聶魯達的懷念和興趣，更掀起了重讀聶魯達的熱潮。唱片公司出版的電影原聲帶裡，還特別加進十四首聶魯達的詩作，請到了史汀、瑪丹娜、茱莉亞・蘿勃茲、安迪・賈西亞等著名影歌星來朗誦。這十四首詩中，多半是情詩，透過聆賞，我們重溫了聶魯達情詩裡知性和感性的交融，愛之喜悅與現實陰影的追逐，以及美麗與哀愁的對話。

《郵差》的背景應在一九五二年。陪著四十八歲流亡中的聶魯達，優游地中海島上的那位女士，是後來成爲他第三任妻子的瑪提爾德．烏魯齊雅（Matilde Urrutia, 1912-1985）。當時聶魯達和第二任妻子卡麗兒（Delia de Carril, 1885-1989）仍維持婚姻關係，只能和瑪提爾德這位祕密情人偷偷幽會，飽受相思之苦。據說他幾乎每天都寫情詩給瑪提爾德，這些詩作於一九五二年結集成冊，於義大利那不勒斯匿名出版（只印了五十冊），名爲《船長的詩》。一九五三年，阿根廷的出版社將之重新發行，多次再版，成爲暢銷詩集。這本詩集以簡單、直接、強有力的筆法，呈現他給瑪提爾德的蜜語和怨語。電影原聲帶裡瑪丹娜唸的那首〈如果你將我遺忘〉，即出於這本情詩集。

聶魯達一生總共結婚三次。第一次是一九三〇年，擔任駐巴達維亞領事時，對象是荷蘭裔爪哇女子哈根娜（Maria Antonieta Hagenaar, 1900-1965）。二十六歲的聶魯達寫了一封家書告知他父親：「我覺得她樣樣完美，我們事事快樂……從今起，你不必擔心你的兒子在遙遠他鄉會覺得孤單，因爲我已找到一位將與我白頭偕老的伴侶……」這段婚姻只維持到一九三六年。

一九三四年，聶魯達奉派駐西班牙，在馬德里結識大他二十歲的卡麗兒，彼此一見鍾情。卡麗兒的父親是阿根廷富有的牧畜者，她曾嫁給一位紈袴子弟，過了一段荒唐糜爛的生活，遇見聶魯達時已是廣識畢卡索、阿拉貢等畫家詩人，政治嗅覺敏銳，機靈迷人，好客也好鬥的共產黨員。她很快成爲聶魯達的導師，母親兼戀人。主動搬進他的家，鳩佔鵲巢，逼退原配。兩人至一九四三年始於墨西哥舉行了一項不爲智利法律所承認的婚禮。

聶魯達與瑪提爾德初遇於一九四六年智利總統大選期間，在森林公園戶外音樂會中因友人介紹而認識。聶魯達幾乎忘了這次邂逅，瑪提爾德卻對之難以忘懷。一九四九年二月聶魯達開始流亡，經阿根廷至巴黎，莫斯科，波蘭，匈牙利。八月至墨西哥，染靜脈炎，養病墨西哥期間再遇瑪提爾德。她原在聖地牙哥音樂院，後離開前往好幾個拉丁美洲國家作巡迴演唱，曾在祕魯拍過一部電影，在布宜諾斯艾瑞斯和墨西哥當電台歌手，最後定居在墨西哥，辦了一所音樂學校。輾轉重逢的詩人與歌手如是開始了祕密的戀情。爲了與詩人在一起，瑪提爾德必須躲在暗處，隨聶魯達、卡麗兒夫婦作平行旅行。一九五二年的義大利之旅，讓兩人恣意地度過了一段愉快時光。在卡布里島，聶魯達寫作了《船長的詩》，如前所述，匿名出版於那不勒斯。這是對瑪提爾德愛情的告白，但出於對結髮多年的卡麗兒的情感考量，遲至一九六三年他才承認是此書作者。

在以聶魯達之名重出的此詩集序言裡，他寫道：「有許多人討論此書匿名出版的問題。我也進行過自我辯證，考慮應否將之移出私密的源頭：揭露來源形同讓其私密的身世曝光。在我看來，這樣的舉動對狂烈的愛情與憤怒，對創作當下憂傷卻熾熱的氛圍，似乎有欠忠誠。我認爲，就某些角度而言，所有的書本都應該匿名出版。究竟該將我的名字抽離我的著作，還是將之回歸到最神祕的著作，我在其間猶疑，最後，我屈服了，雖然不太樂意。爲什麼長久以來我對此事祕而不宣？毫無理由卻也理由充分，爲了這，爲了那，爲了不合宜的歡樂，爲了異國的磨難。當Pablo Ricci這位有見識的朋友於一九五二年於那不勒斯首次印行此書時，我們以爲他極細心籌畫的這幾冊書會在南方的沙地消失無蹤。結果不是那樣。現在衆人要我揭開祕密，讓它成爲永恆之愛的存在標記。我如是呈現此書，不做任何進一步的解釋，它彷彿是我的作品，也彷彿不是：它應該能夠自行穿越這世界並且獨力生長，這樣就夠了。既然我承認了它，我希望它憤怒的血液也會承認我。」

《船長的詩》共有四十二首詩（包括收於前四輯「愛」、「慾」、「怒」、「生」裡的三十九首較短的詩，以及壓卷的三首較長的詩），雖是聶魯達寫給瑪提爾德的情詩集，但其營造出的情感氛圍和其述說的語氣頗爲繁複多樣：時喜時怒，時剛時柔，時而甜蜜時而怨懟，時而懇切時而焦躁。在詩集《地上的居住》第三部「西班牙在我心中」（España en el corazón）和詩集《一般之歌》，義憤、激情塡膺，以衆生、「大我」爲己任的聶魯達，寫出充滿社會、政治關懷的「大愛」之詩，也寫出詛咒佛朗哥獨裁政權與惡勢力的「大恨」之詩；在《船長的詩》，我們讀到以溫柔深情和華美想像歌頌女體與性愛的「小愛」情詩（〈大地在你裡面〉、〈王后〉、〈陶工〉、〈昆蟲〉、〈失竊的樹枝〉等都是佳例），也讀到因嫉妒、誤解或懷疑所引發之帶有怒意、怨恨和憎惡的「小恨」情詩。譬如，在〈偏離〉一詩，他以冷酷、恫嚇的語氣道出背離他的愛人可能淪落的淒涼下場：腳會被砍斷，手會爛掉，雖生猶死；在〈永遠〉一詩，他語帶挑釁地宣稱：不管愛人曾經有過多少次情愛經驗，他都不嫉妒，他會將她過去的歷史溺斃河裡，拋諸大海，往後她只能永遠專屬於他，他們將「在大地上／開始生活」（像亞當和夏娃一樣），建立全新的愛情生活。青春期因失戀而黯然神傷的少年聶魯達，此刻是佔有慾高漲、霸氣十足的中年男子。

聶魯達在《船長的詩》裡不時展現此種「大男人主義」的姿態——以男性自我為中心，另一種形式的「大我」。在〈禿鷹〉一詩，他是盤旋空中的禿鷹，猛然將愛人叼起，要她隨他狂野飛行；在〈虎〉一詩，他對愛人說他是潛伏於森林、水域的老虎，伺機「以火、／血、牙的一躍，／伸爪一擊，我撕下／你的胸脯，你的臀部。／／我飲你的血，逐一／折斷你的四肢」。在他筆下，兩性關係儼然是獵者與獵物的關係，身為男性的他充滿著操控和駕馭的慾望。不管在愛情的路上或生命的途中，他都是強勢的領導者，他要愛人改變原本的自我，追隨他的價值：「你必須改變心思／和視野／在接觸到我胸膛給予你的／深沉海域之後。……／／我的新娘，你必須／死去再重生，我等候著你。／……從不受我愛慕的人／蛻變爲我衷心愛慕的全新女子」（〈你來〉）；「可人兒啊，請接受／我的憂傷和憤怒，／容許我敵意的雙手／對你稍事破壞，／好讓你自黏土再生／爲我的奮鬥被重新打造」（〈傷害〉）。因爲他親吻愛人的嘴肩負了更神聖的使命——替沉默的衆生發聲，他要擁抱的不僅是小個子的愛人，更是飽受苦難的衆生。

　　青春期的聶魯達喜歡用大自然的意象歌讚蘊含無窮魅力、展現多樣風情的女體，一如我們在《二十首情詩和一首絕望的歌》所讀到的。寫作《船長的詩》的中年聶魯達依然以純熟的技巧讓女體與自然交融出動人的風情，但是此時他感受到的不再只是戀人的體膚，而是摻雜了「遼闊的祖國」的形象色澤，添進了「泥味」的愛情的滋味。他放大了情詩的格局，將視野自兩個人的肉體版圖和愛情小宇宙，擴大成爲納入了「土地與人民」之疆域的大宇宙（〈小美洲〉）。在許多首詩裡，他讓愛情（個人的情慾經驗）和革命（集體的國族意識）這兩個主題產生微妙的連結。在〈美人〉一詩，他在歌讚愛人形體之美後，寫道：「你的眼睛裡有國家，／有河流，／我的祖國在你的雙眼裡，／我走過它們，／它們照亮我／行走的世界」；在〈你的笑〉一詩，他說愛人的微笑會「在最黑暗的時刻／綻開」，成爲他戰鬥時手中的「清新的劍」，他要她的笑容像花朵一般綻放在他「回聲四起的祖國」。聶魯達的愛人除了是性愛的伴侶，心靈的寄託，更是他投身革命的動力，是與他並肩爲社會正義奮戰的同志。在《船長的詩》裡，我們聽到了在大我之愛與小我之愛之間迴盪的戀人的聲音，戀人肉體夢土上吟唱的是和革命之夢同調的共和國讚歌。

《船長的詩》裡有不少詩很明顯是《一百首愛的十四行詩》某些詩作的前奏或序奏，我們也可以將《一百首愛的十四行詩》裡的許多詩作視爲《船長的詩》詩集中某些主題的變奏或發展、再現。譬如頌讚瑪提爾德是「我的黑女孩和我的金髮女孩，／我的高個兒和我的小個兒，／我的胖女孩和我的瘦女孩，／我的醜人兒和我的美人兒」的〈多變者〉一詩，到了《一百首愛的十四行詩》就變奏爲第二十首的「我的醜人兒，你是一粒未經梳理的栗子，／我的美人兒，你漂亮如風，／我的醜人兒，你的嘴巴大得可以當兩個，／我的美人兒，你的吻新鮮如西瓜」；〈你的手〉一詩中，聶魯達說其愛人的手「飛越時間而來……／當你將／你的手放在我胸前，／我認得那些金色／鴿子的翅膀」，「在我這一生／我四處尋找它們……／木材突然／帶給我你的觸感，／杏仁向我宣告／你祕密的柔性，／直到你的手／收攏於我的胸前，／在那裡像兩隻翅膀／結束它們的旅程」，而在《一百首愛的十四行詩》第三十五首裡這相同的「你的手自我的眼睛飛入白晝」，「輕觸叮噹作響的音節，輕觸／杯子，盛滿黃油的油壺……」，「等傍晚到臨。夜悄悄地將它的天艙／置於男子睡夢的上方」，「……你飛翔的手又飛了回來，／闔上我原本以爲不知去向的羽翼，／在被黑暗吞噬的我的眼睛上方」；〈不只火〉一詩中，「與肥皀和針線爲伍／散發出我喜愛的／廚房（雖然我們可能無法擁有）／的氣味，你的手炸著薯條／你的嘴在冬日歌唱／等待烤肉出爐……」的「日常的小妻子」，在《一百首愛的十四行詩》第三十八首裡再現爲「屋子聽似一列火車／蜜蜂嗡嗡叫，鍋子在歌唱」，「上樓，唱歌，奔跑，行走，彎腰，／種植，縫紉，烹飪，鎚打，寫字……」的忙碌的主婦。

在〈亡者〉一詩，聶魯達對其愛人表示「如果突然間你不存在，／如果突然間你不在世，／我將活下去」，因爲他還有重責大任，他入獄的兄弟們，他的革命同志和「偉大的勝利」在等著他，而在《一百首愛的十四行詩》第八十九首裡他反過來對其愛人說「當我死時，我要你把手放在我的眼睛上：／我要你可親雙手的光與麥／再次將其清新傳遍我身：／我要體會改變我命運的那份溫柔。／／我要你活著，當我睡著等你。／我要你的耳朵仍然傾聽風聲……」，在第九十首裡他說「我想像我死了，感覺寒冷逼近我，／剩餘的生命都包含在你的存在裡：／你的嘴是我世界的白日與黑夜，／你的肌膚是我用吻建立起來的共和國」——在《船長的詩》裡視自己爲「人中之傑」，不時惦記著自己偉大革命志業，對枕邊戀人曉以「大義」的鬥士聶魯達，到了《一百首愛的十四行詩》裡，選擇體會愛情的溫柔，讓激情的呼喊變成自足恬靜、歡喜甘願的戀人絮語，讓用詩、用吻建立的戀人肌膚陰柔的共和國，取代用筆槍字彈、用雄心打出的天下。

二〇一六年一月・花蓮

1 愛

El amor

大地在你裡面

小
玫瑰，
小小玫瑰，
有時，
纖小而赤裸，
彷彿
正適合放在我的
一隻手裡，
彷彿我將如是緊握著你
將你帶往我的嘴，
但
突然

我的腳碰觸你的腳，我的嘴碰觸你的唇：
你長大了，
你的肩膀上升如兩個山頭，
你的乳房徘徊於我的胸膛，
我的手臂幾乎無法環抱你腰身
纖細的新月線條：
如海水般你將自己舒放於愛裡：
我幾乎無法測量天空最寬廣的一雙眼睛，
我俯身向你的嘴，親吻大地。

王后

我命你爲王后。
有人比你更高，更加高。
有人比你純淨，更純淨。
有人比你更美，更加美。

但你是王后。

當你行過街路
無人認得你。
無人看見你的水晶冠冕，無人注視
你走過時踩踏的
金紅地毯，

不存在的地毯。

當你出現
所有河流在我
體內鳴響，鐘聲
震天，世界
被一曲讚歌填滿。

只有你和我，
只有你和我，吾愛，
傾聽著。

陶工

你整個身體有一種
註定爲我而成的豐滿或溫柔。

當我舉起我的手
我在每一處找到一隻
正尋覓我的鴿子，彷彿
他們用黏土做成你，親愛的，
爲了我自己一雙陶工的手。

你的膝，你的胸，
你的腰
是我丟失了的部位，就像

乾渴大地的凹洞，
被他們扭斷了一個
形狀，
連在一起
我們完整如單一的一條河，
如單一的一粒沙。

九月八日

今天，這一天是一滿溢之杯，
今天，這一天是巨大的浪，
今天，是整個大地。

今天驚濤駭浪的海
將我們在一吻中舉得
如此高，我們在
閃電中顫抖，
緊綁著，往下
沉沒，沒有被解開。

今天我們的身體廣大無比，

擴張到世界邊緣，
邊滾動、邊融化
成一滴
蠟或流星。

你我間一扇新的門開啓
而有人，面容尚未成形，
在那兒等著我們。

你的腳

當我無法看你的臉，
我看你的腳。

你拱形骨的腳，
你堅硬的小腳。

我知道它們支撐你，
你輕柔的重量
浮升於它們之上。

你的腰，你的乳房，
你乳頭雙倍

的紫色，
你剛剛飛逝的
目光之窩，
你水果般的大嘴巴，
你的紅髮，
我小小的塔。

但我愛你的腳
只因它們行走於
大地之上，於
風中，於水上，
直到找到了我。

你的手

當你的手出走，
愛人，向著我的手，
飛翔的它們帶給我什麼？
它們爲什麼停
在我的嘴裡，突然地，
爲什麼我認得它們
彷彿在當時，在之前，
我已碰觸過它們，
彷彿在它們存在前
它們已然掠過
我的額頭，我的腰？

它們的柔
飛越時間而來，
越過海，越過煙，
越過春天，
當你將
你的手放在我胸口，
我認得那些金色
鴿子的翅膀，
我認得那黏土
和那小麥的顏色。

在我這一生
我四處尋找它們。
我拾級而上，

我穿越道路，
火車載我，
水流運送我，
而在葡萄的皮上
我想我摸到了你。
木材突然
帶給我你的觸感，
杏仁向我宣告
你祕密的柔性，
直到你的手
收攏於我的胸前，
在那裡像兩隻翅膀
結束它們的旅程。

你的笑

拿走我的麵包，如果你要，
拿走我的空氣，但
別從我這兒拿走你的笑。

別從我這兒拿走這朵玫瑰，
那被你剝開的水龍噴嘴，
在你的歡愉中突然
迸出的水，
從你身上生出的
突如其來的銀波。

我艱苦地戰鬥著，帶著

不時因目睹
無變動的地球
而疲憊的眼睛歸來，
但當你的笑聲進入，
它升上天空找我，
爲我打開所有
生命之門。

我的愛，你的笑
在最黑暗的時刻
綻開，而如果你突然
看見我的血染紅了
街上的石頭，
就請你笑吧，因爲你的笑
將成爲我手中

清新的劍。

秋日海邊，
你的笑當掀高其
四濺的瀑布，
而在春天，愛人啊，
我要你的笑像
我期待著的花，
藍色的花，玫瑰，
開在我回聲四起的祖國。

笑夜，笑
白日，笑月亮，
笑島嶼
扭曲的街道，

笑這個愛你的
笨拙男孩，
但當我睜開
眼又閉上眼，
當我的腳步離開，
當我的腳步返回，
你可以拒絕給我麵包，空氣，
光，春天，
但絕不要拒絕給我你的笑，
不然我會死掉。

多變者

我的眼睛離我而去
追隨一位飄然而過的黑妞。

她由黑色的珍珠母做成，
由深紫色的葡萄，
她抽打我的血
用她火熱的尾巴。

它們全成爲我
追逐的目標。

一位鮮亮的金髮女郎走過

像一株金色植物般
搖擺著她天賦的異稟。
我的嘴巴如浪
湧上前
在她胸前放射
血液的閃電。

它們全成爲我
追逐的目標。

但向你，我沒移動，
沒看到你，遠方的你，
我的血和吻卻一逕往前：
我的黑妞和我的金髮女郎，
我的高個兒和我的小個兒，

我的胖女孩和我的瘦女孩，
我的醜人兒和我的美人兒，
由所有的黃金
和所有的銀子做成，
由所有的小麥
和所有的土地做成，
由所有的海浪
之水做成，
爲了我的臂彎而做成，
爲了我的吻而做成，
爲了我的靈魂而做成。

島嶼之夜

整夜我與你同眠
在海邊，在島上。
狂野而甜蜜，你在歡愉與睡眠之間，
在火和水之間。

也許已非常晚，
我們的夢在頂部或
底部合而爲一，
高高在上如樹枝被同一股風拂動，
低低在下如紅樹根相觸。

也許你的夢

漂離我的夢
穿過黑暗的大海
尋找我
一如以往，
那時你尚未存在，
我航行在你身邊
沒有看出你，
你的眼睛尋覓
那些如今我大量
給你的東西——
麵包，酒，愛和憤怒——
因爲你是杯子
等候著我的生命禮物。

我與你同眠

整夜整夜，
當黑暗的地球
與生者和死者共旋，
而突然醒來，
在陰影中，
我的手臂環著你的腰。
無論夜晚或睡眠
都無法把我們分開。

我與你同眠
醒來時，你的嘴，
從你的夢境來，
讓我嚐到大地、海水、
海藻以及你
生命深處的滋味，

我收到被黎明
濕潤的你的吻，
彷彿從包圍我們的
海洋來到。

島嶼之風

風是馬：
聽聽它如何奔跑
過大海，奔跑過天空。

它想帶我走：聽
它如何周遊世界
爲了帶我遠離。

請把我藏在你的懷裡，
就這夜，
當雨朝著海
和陸地砸碎其

數不清的嘴。

聽風如何
呼叫我，疾馳著
要帶我遠離。

你的額靠在我額上，
你的嘴貼在我嘴上，
我們的身體緊繫於
將我們燒盡的愛，
讓風通過
而不要帶走我。
讓風奔跑，
被泡沫加冕，

讓它呼喚我、尋找我，
在陰影中疾馳，
而我，沉沒於
你碩大的眼睛下，
將歇息，就
這一夜，我的愛。

無盡者

你看到這雙手嗎？它們測量過
地球，區分過
礦物和穀物，
締造過和平也發動過戰爭，
它們拆除過所有海洋
與河流的距離，
然而，
當它們逡巡於你
之上，小個兒，
麥粒，燕子，
它們無法包住你，
它們疲於尋求

在你胸前或息或飛的
雙鴿，
它們旅行過你的雙腿，
捲繞於你腰的光圈中。
於我，你是一個比海及其族群
更廣袤的寶物，
你白而藍而寬闊，如
葡萄收穫期的大地。
在那領土上，
從你的腳到你的額，
我將行走，行走，行走，
終我一生。

美人

美人，
就像在春天
清涼的石頭上，水流
濺開寬廣的泡沫的閃光，
你的笑容亦如是，
美人。

美人，
你的手纖小，腳細長，
像一匹銀色的小馬，
你走著，人世之花，
如是我看見你，

美人。

美人，
你頭上頂著一窩
糾纏的銅，一個
暗蜂蜜色的窩巢，
我的心燃燒於斯止息於斯，
美人。

美人，
你的臉容納不下你的眼睛，
大地容納不下你的眼睛。

你的眼睛裡有國家，
有河流，

我的祖國在你的雙眼裡，
我走過它們，
它們照亮我
行走的世界，
美人。

美人，
你的乳房像由穀物豐實的大地
與金色月亮做成的兩個麵包，
美人。

美人，
你的腰，
被我的手臂形塑成一條河
流淌過你甜美的身體已千年，

美人。

美人，
你的屁股獨一無二，
也許地球
某個隱蔽的地方有
你身體這種曲線和香味，
也許在某個地方，
美人。

美人，我的美人，
你的聲音，你的皮膚，你的指甲，
美人，我的美人，
你的存在，你的光，你的影，
美人，

全都是我的，我的美人，
全都是我的，吾愛，
你走路或休息，
你唱歌或睡覺，
你受苦或做夢，
永遠如是，
你在眼前或在天邊，
永遠如是，
你是我的，美人，
永遠如是。

失竊的樹枝

在夜裡我們將進去
竊取
一根開花的樹枝。

我們將爬過牆
摸黑於外星花園中，
陰影裡的兩個影子。

冬天尚未離去，
蘋果樹現身，
突然變成
一條芬芳的星光瀑布。

在夜裡我們將進去
至其顫抖的穹蒼，
你的小手和我的手
將竊取那些明星。

然後靜默地，
往我們的屋子，
在夜與陰影裡
跟著你的腳步踏入
無聲的香氣之階，
跟著星光閃爍的腳
進入春天明澈的身體。

兒子

啊兒子，你知道，你知道
你從什麼地方來嗎？

從一座有飢餓的白色
鷗鳥的湖泊。

在冬日水邊
她與我高築起
紅色的篝火，
我們的唇因親吻彼此的
靈魂而疲憊，
我們將一切丟入火中，

燃燒我們的生命。

你就是這樣來到了世界。

但她，爲了看我、
看你，有一天
飄洋過海而來，
而我，爲了緊抱
她纖小的腰，
走過每一寸土地，
穿越戰爭和山脈，
沙子和荊棘。

你就是這樣來到了世界。

你從這麼多地方來，
從水和土，
從火和雪，
從遙遠處，長路漫漫
走向我們倆，
從綑鎖住我們的
可怖的愛，
所以我們想知道
你什麼模樣，會說些什麼，
因爲你對我們
給你的這個世界知道得更多。

像巨大的風暴
我們搖撼
生命之樹

直下最隱密的
底部的鬚根，
如今你現身
在樹葉間歌唱，
在我們與你同
抵的最高枝。

大地

綠色大地已臣服於
衆黃，黃金，豐收，
農田，樹葉，穀物，
但當秋天隨其
寬廣的旗幟升起，
我見到的是你，
對我來說，將穗
分開的是你的髮。

我看到古老斷石
散陳的遺跡，
但如果我碰觸

石頭的疤痕，
回應我的是你的身體，
我的手指突然間
顫抖地，認出
你熾熱的甜意。

我盤桓於新近被
泥土和塵灰
授勛的英雄之間，
在他們後面，悄然
移動細小步伐的，
是你或者不是你？
昨天，當他們連根
拔起，爲了瞧一眼，

那棵老矮人樹，
我看到你走出來望著我，
從那受折磨的
乾渴的樹根。

而當睡意來襲，
攤開我身體，將我帶入
我自己的沉默，
一陣巨大的白風吹起，
摧毀了我的睡眠，
葉子們從中落下，
如刀子般落在
我身上，將我的血排光。

每個傷口都見
你嘴的形狀。

缺席

我幾乎沒離開過你
當你走進我，水晶般，
或顫動，
或不安，被我所傷，
或因愛而狂喜，當你的眼睛
合攏於我不停給你的
生命禮物上。

我的愛，
我們已看到彼此
乾渴，我們已
飲盡所有的水和血，

我們看到彼此
飢餓，
互相咬嚙對方，
如同火咬嚙，
在身上留下傷口。

但等候我，
把你的甜頭留給我。
我也會給你
一朵玫瑰。

2 慾

El deseo

虎

我是虎。
我潛伏在寬如
濕礦石鑄塊的
樹葉間等候你。

白色的河水
在霧下方上漲。你來了。

你裸身沉沒水中。
我等待。

接著以火、

血、牙的一躍，
伸爪一擊，我撕下
你的胸脯，你的臀部。

我飲你的血，逐一
折斷你的四肢。

而多年來在森林裡
我依然守望著
你的骨骼，你的骨灰，
一動不動，全然
無恨、無怒，
在你死後解除武裝，
被藤本植物所纏，

一動不動在雨中，
守著我血腥愛情的
無情哨兵。

禿鷹

我是禿鷹，從行走的你
頭上飛過，
而突然間隨盤旋的
風，羽毛，爪子，
我攻擊你且將你提起，
在呼嘯的氣旋
颶風般的冷裡。

我帶你到我雪之塔，
到我黑色的巢穴，而
你獨自生活，
身上披滿羽毛，

翱翔於世界之上，
一動不動，在高空中。
女鷹啊，讓我們撲
向這紅色獵物，
讓我們撕裂那怦怦然
經過的生命，
一起升高
我們狂野的飛行。

昆蟲

從你的臀部到你的腳
我想做一次長途旅行。

我比一隻昆蟲小。

我漫步過這些山丘，
它們是燕麥的顏色，
有唯我知道的
微小痕跡，
燒焦的黴米，
白濛濛的遠景。

這裡有一座山。
我永遠不會離開它。
噢，多麼巨大的青苔！
一個火山口，一朵
濕潤之火的玫瑰！

順著你的腿，我
盤旋而下
或者在途中睡覺，
我來到你圓圓
硬硬的膝蓋
彷彿到達明亮的大陸
堅實的峰頂。

我滑向你的腳，

到你尖尖，緩緩移動的
半島般腳趾的
八個縫隙，
從那兒我跌向
白被單的
虛無裡，盲目且飢餓地
尋找你燃燒著的
甕的輪廓！

3 怒

Las furias

愛

你，和我，怎麼了？
我們出了什麼問題？
啊，我們的愛是一條綑綁我們
讓我們傷痕累累的粗繩，
我們若想
脫離我們的傷口，
若想分開，
它便會綁出新結，罰我們
大量出血，一起燒毀。

你怎麼了？我注視你，
看到的只是兩隻平凡無奇的

眼睛，一張和我
吻過的更美的千唇相較，毫不起眼的
嘴巴，
一個同她們一樣在我身體下方滑過，
未留下任何回憶的身體。

你穿行過世界，何其空洞，
像一只小麥色的大水罐
無息，無聲，無實體！
我徒勞地想以我的
雙臂在你體內尋找深度，
永無休止地在地底挖掘：
你的膚下，你的眼底
空無一物，
你微微隆起的雙乳

之下
有一道水晶級的水流，
它不知道自己為何唱著歌兒流動。
為什麼，為什麼，為什麼，
親愛的，為了什麼？

永遠

面對你，
我不嫉妒。

來吧，就算背後
跟著一個男人，
來吧，就算有百個男人在你髮間，
來吧，就算有千個男人在你胸脯和雙足之間，
來吧，像一條塞滿
溺水男子的河流，
迎向洶湧的大海，
永恆的泡沫，氣候。

將他們全數帶到
我等候你的地方：
我們將永遠兩人獨處，
我們將永遠是你和我，
就我們倆，在大地上
開始生活。

偏離

如果你的腳再次偏離，
它會被砍斷。

如果你的手帶你
往另一條路，
它會爛掉。

如果你把我推離你的生活，
你會死，
即使還活著。

你會一直如行屍、幻影，
在地上走動沒有我為伴。

問題

親愛的，有個問題
已將你摧毀。

我已自滿布荊棘的無常
回到你的身邊。

我要你率直
如劍或者道路。

你卻堅持
保有我不想要的
陰影的角落。

親愛的，
請了解我，
我愛你的全部，
從眼到腳，到腳趾甲，
愛你裡面，
你保有的一切明徹。

親愛的，是我
敲叩你的門。
不是鬼魂，不是
曾在你窗口
駐足的那人。
我撞倒你的門：
我進入你所有的生活：

我住進你的靈魂：
你拿我沒轍。

你必須打開一道道門，
必須聽從我，
必須張開雙眼
好讓我進去搜尋。

你必須看到我以何等
沉重的腳步
行走於所有等候著我的
盲目的道路。

不要怕，
我是你的，

但

我既非旅客也非乞丐，

我是你的主人，

你等候著的人，

我現在進入

你的生命，

再也不離去，

親愛，親愛，親愛的，

我要留下來。

浪女

我自所有女人中選擇了你，
讓你在大地上與我心
唱和，
隨花穗舞動
或者在必要時毫不留情地戰鬥。

我問你，我的兒子在哪裡？

我一直想在你身上找到自己，認出自己
並且告訴自己：「請召喚我到大地上
延續你的戰鬥與你的歌唱」，不是嗎？

把兒子還給我！

你將他遺忘在歡愉之門
的門口嗎？噢，冤家
浪女，
難道你忘了你來此幽會，
這最幽深之地，我倆
在其中結合，親愛的，將藉由他之口
繼續說出
啊所有
我們未能告訴對方的一切？

當我將你高舉於火和血
之波浪，而生命
在我倆之間倍增，

切記
有人在對我們呼喊
以前所未有的方式，
而我們並未回應，
我們變得孤獨和膽怯，
在被我們拒絕的生命前。

浪女，
打開門，
讓你心中的
死結
鬆脫，伴隨
你我的血液
飛越這世界！

傷害

我傷害了你，親愛的，
我撕裂了你的靈魂。

請聽我說。
每個人都知道我是誰，
但對你而言
在這之外，那個「我」
是個男人。

在你裡面我搖擺，跌倒，
又熾熱地站起。
衆生靈中

唯你有權
看到我脆弱。
你麵包與吉他的
小手
一定要撫摸撥奏我的胸膛，
當它出發戰鬥。

我爲此在你身上尋找堅石。
我將粗糙的手埋入你血中
尋找你的堅定
以及我所需的深度，
倘若我只找到
你金屬般的笑聲，找不到
任何東西支持我艱苦的腳步，
可人兒啊，請接受

我的憂傷和憤怒，
容許我敵意的雙手
對你稍事破壞，
好讓你自黏土再生
爲我的奮鬥被重新打造。

井

你有些時候會下沉，跌落
你寂靜的洞穴，
跌落你傲慢之怒的深淵，
幾乎無法
回頭，仍抱著你
在你存在深處覓得之物
殘留的碎片。

親愛的，你在自己封閉的井裡
找到了什麼？
海草，沼澤，岩石？
苦痛又受傷，

你用盲眼看到了什麼？

親愛的，你不會在你跌落的
井裡找到
我爲你在高地上保存的東西：
一束帶露的茉莉花，
一個比你的深淵還要深的吻。

不要怕我，不要再
跌進你的憤怒中。
請抖落傷害過你的我的言詞，
讓它飛出敞開的窗。
無須你導引，
它會回過頭來傷害我，
因爲它裡面裝了一個無情的片刻，

那片刻將在我胸中繳械。

請對我燦然一笑
倘若我的嘴傷了你。
我並非童話故事裡
溫馴的牧羊人，
而是與你共享大地，風，山中荊棘的
好伐木工人。

愛我，對我微笑，
幫助我變好，
不要傷害我心中的你，因爲那無濟於事，
不要傷害我，因爲那形同傷害你自己。

夢

漫步沙灘上，
我決定離開你。

我踩到一塊鬆軟顫動的
暗黑泥土，
我陷入其中又拔出，
決定讓你從我心中
出走，你像鋒利的石塊
重壓著我，
我一步步計畫
離開你：
切斷你的根，

放你在風中單飛。

啊在那一刻，
親愛的，有個夢
正拍動它恐怖的翅膀
籠罩著你。

你感覺自己被泥土吞噬，
你呼喚我，而我未出現，
你離去，動彈不得，
沒有抵抗，
終陷入流沙窒息。

隨後
我的決定與你的夢不期而遇，

從讓我們的心破碎的
裂痕，
我們再次現身，潔淨又赤裸，
彼此相愛
無夢，無沙，
飽滿又耀眼，
以火封存。

如果你將我遺忘

有件事
想要告訴你。

你明白怎麼一回事的：
如果我於悠緩的秋天立於窗口
凝視
晶瑩的月，紅色的枝椏，
如果我於爐火邊
輕觸
細不可感的灰燼
或皺褶斑斑的圓木軀幹，
凡此種種皆引我貼近你，

彷彿存在的一事一物，
芳香，光影，金屬，
是一艘艘小船，航向
那些等候我前往造訪的你的小島。

然而，
倘若你對我的愛意逐漸消逝
我也將緩緩終止我的愛。

如果你突然
將我遺忘，
就別來找我，
因爲我將早已忘記你。

如果你認爲那穿越我一生的

旌旗之風
既久且狂，
決定
在我植根的心的岸邊
與我分手，請記住
在那一天，
那一刻，
我將高舉雙臂，
我的根將動身遠航
另尋新土。

但是
如果每一天，
每一刻，
你滿心歡喜地

覺得你我命運相依，
如果每一天都有一朵花
爬上你的雙唇前來尋找，
啊，親愛的，啊，我的人兒，
我心中所有的火會再次燃起，
澆不熄也忘不了，
我的愛因你的愛而飽滿，親愛的，
只要你一息尚存，它就會在你懷裡
且被我緊抱。

遺忘

所有的愛在一個與地球
同寬的高腳杯裡，所有的
愛，連同星星和荊棘——
我給了你，但你卻踏過
火焰，用你的小腳，用
你的髒鞋跟，將之熄滅。

啊偉大的愛，心愛的小個兒！

我沒有在戰鬥中停下。
我不停地為眾人邁向生活，
邁向和平，邁向麵包，

但我將你在我的懷裡舉起，
我用我的吻將你釘住，
我看著你彷彿不再有
任何人的眼睛會看著你。

啊偉大的愛，心愛的小個兒！

你當時沒有打量我的身長，
這個爲了你，把血、小麥、
水拋在一旁的男人，
你把他誤做爲
掉進你裙子裡的小蟲。

啊偉大的愛，心愛的小個兒！

不要指望我會在遠處
回頭看你，請守著
我留給你的東西，帶著我
被背棄的照片隨意走動，
我會繼續前進，
開寬闊之路對抗陰影，讓
土地柔軟，分送
星光給來者。

請守在路上。
夜已爲你落下。
也許黎明時
我們會再次見面。

啊偉大的愛，心愛的小個兒！

女孩

你們這些尋找偉大的愛，
偉大又恐怖之愛的女孩們，
什麼東西過去了？

也許是
時間，時間！

因爲現在，
它就在此，看吧它正流逝，
拖曳著天國之石，
摧毀花葉，
撞擊你們的世界所有的石頭

發出泡沫的噪音，
發出抹香鯨和茉莉花的氣味
在淌血的月亮旁邊！

而現在
你觸碰那水，用你小小的腳，
小小的心，
你不知道該怎麼辦！

某些夜間旅行，
某些小房間，
某些最開心的漫步，
某些無關緊要的舞蹈，
都勝過
繼續這趟旅行！

死於恐懼或寒冷，
或懷疑——
因爲我會邁開大步
找到她，
在你之內
或遠遠之外，
而她也會找到我，
面對愛情她不會畏懼，
將與我融而
爲一，
生死與共！

你來

你未曾讓我受苦，
只是讓我等待。

那些糾結的
時光，滿是
毒蛇，
當
我的心跳停止，呼吸困難，
你便前來，
裸身前來，抓痕斑斑，
淌著血來到我床前，
我的新娘，

而後
整個夜裡我們睡著
散步，
醒來時
你完好如新，
彷彿黑暗的夢之風
剛剛才給你的
長髮添了新火，
而你的身子浸泡過
小麥和銀，令人目眩。

我並未受苦，親愛的，
我只是在等待你。
你必須改變心思
和視野，

在接觸到我胸膛給予你的
深沉海域之後。
你必須離開那水，
純淨如被夜浪
翻起的一滴。

我的新娘，你必須
死去再重生，我等候著你。
尋找你，我並不苦，
我知道你會來，
從不受我愛慕的人
蛻變爲我衷心愛慕的全新女子，
有著一樣的眼，一樣的手，一樣的嘴
但不一樣的一顆心，
天亮時在我身邊

彷彿她一直守在那裡
要永遠陪我走下去。

4 生

Las vidas

山河

在我的國家有一座山。
在我的國家有一條河。

跟我來。

夜爬上山。
飢餓走下河。

跟我來。

那些受苦者是誰？
我不知道，但他們是我的同胞。

跟我來。

我不知道，但他們呼叫我，
對我說：「苦啊。」

跟我來。

他們對我說：「你的同胞，
你不幸的同胞，
在山河間，
飢餓、悲傷，
他們不想孤軍奮鬥，
他們等著你，朋友。」

啊你，我的愛人，

小個兒，紅色的
麥粒，

會是艱苦的戰鬥，
會是困難的生活，
但你會跟我來。

貧窮

啊，你不想要，
你害怕
貧窮，
你不想要
穿著破鞋子去市場，
回來還是穿著舊衣。

親愛的，我們不喜歡
生活困頓，而富人
希望我們如此。我們
要像對待一顆至今仍啃噬
人心的壞牙齒般將貧困拔除。

但我不要你
害怕它。
它如果因我的過失來到你的住所，
如果貧窮趕走了
你的金色鞋子，
切莫讓它驅走你的笑聲，那是我生命的麵包。
如果你付不起房租，
就以驕傲的步伐去工作，
且記住，親愛的，我時時看著你，
我們在一起是世上
所能累積的最大的財富。

眾生

啊，有時候我覺得和我
在一起你並不自在，
我，人中之傑！

因爲你不知道
與我一起的
是數千你看不見的傑出之臉，
有數千腳、數千心和我一同前進，
我非我，
我並不存在，
我只是與我同行的衆人的前鋒，
我變得更強大

因爲我肩負著的
不是我個人的小生命
而是衆生，
我穩健邁進
因爲我有千眼，
我用岩石的重量敲擊
因爲我有千手，
而我的聲音傳遍所有
陸地之岸
因爲那是
沉默衆生的聲音，
未曾歌唱的衆聲，
在今日借親吻你的
這張嘴歌唱。

旗

跟我一同起來。

沒有人比我
更想流連於
那枕上，那兒你的眼簾
試著爲我將世界關在外面。
我也想在那裡
讓我的血液環繞著
你的甜蜜入眠。

但起來，
你，起來，

和我一同起來，
讓我們一同出去
以血肉之軀
和邪惡的蛛網，
和引發飢餓的體制，
和孳生悲苦的組織搏鬥。

走吧，
而你，我的星星，在我身旁，
剛從我自身的黏土生出，
你將找到隱藏的源泉，
在火中，你將與我
並立，
睜著你狂野的眼睛，
高舉我的旗。

士兵之愛

戰亂期間命運安排你
成爲士兵之愛。

身著劣質絲衫，
指戴假寶石，
你獲選赴湯蹈火。

來吧，漂泊者，
來到我胸膛啜飲
紅色的露水。

過去你不想知道自己的去向，

你是舞伴，
沒有政黨，沒有國家。

現在你伴我同行，
你看到生命與我同在
而死亡就在我們背後。

你已不能和你的絲衫
在跳舞廳裡跳舞。

你會磨破鞋子，
但征途會使你成長。

你必須行走於荊棘之上
留下一小滴一小滴血。

再吻我一次，愛人。

把槍擦亮，同志。

不只火

啊是的，我記得，
啊你緊閉的雙眼，
彷彿自裡面滿溢黑光，
你整個身子像一隻張開的手，
像月亮發出的白色光束，
還有那狂喜，
當雷電劈殺我們，
當一支匕首在根部弄傷我們，
一道光折斷我們的頭髮，
當我們
再度逐漸地
活過來，

彷彿自海中冒出，
彷彿自船難
歸來，帶著在石塊與紅色海藻
之中刻畫的累累傷痕。

但是
還有其他的記憶，
不只是從火冒出的花朵，
還有突然出現的
小幼芽，
在我搭上火車
或走在街上之時。

我看到你
洗我的手帕，

將我的破襪
晾在窗口，
看到你的身影——萬物
崇妙如火焰般墜落其上
卻沒有毀壞你，
再一次，
你成爲日常的
小妻子，
成爲凡人，
卑微的凡人，
貧窮卻驕傲，
你必當如是才能
不成爲被愛情的灰燼
熔解的短暫玫瑰，
而是全部的生活，
與肥皂和針線爲伍，

散發出我喜愛的
廚房（雖然我們可能無法擁有）
的氣味，你的手炸著薯條，
你的嘴在冬日歌唱
等待烤肉出爐，
對我而言它們是世間
永恆的幸福。

啊我的生命，
那不只是你我之間燃燒的火，
且是全部的生活，
一個女人和一個男人
簡單的故事，
簡單的愛，
一如每個人。

亡者

如果突然間你不存在，
如果突然間你不在世，
我將活下去。

我不敢，
我不敢寫，
如果你死了。
我將活下去。

因爲在人無聲的地方，
我的聲音就在那裡。

在黑人被毆打之地，
我不能死去。
當我的兄弟們入獄，
我將和他們一起去。

當勝利，
非我的勝利
而是偉大的勝利
來到時，
即使啞了我也要說：
我要看它到來即使我瞎了。

不，請原諒我。
如果你不在世，

如果你，親愛的，我的愛人，
如果你
已死去，
所有的葉子將落於我胸膛，
雨將日夜擊向我的靈魂，
雪將灼燒我的心，
我將與寒冷和火和死和雪同行，
我的腳會走向你長眠之地，
但
我將活下去，
因爲你最希望的是我能
不屈不撓，
並且愛人啊，因爲你知道我不只是一個人
而是所有的人。

小美洲

當我注視著
地圖上美洲的形狀，
親愛的，我看到的是你：
你頭上銅色的峰頂，
你的乳房，小麥和雪，
你纖細的腰，
悸動的急流，甜美的
山丘和草原，
在南方的冷冽中，你的雙腳終結其
複製的黃金構成的地理學。

親愛的，當我碰觸你時，

我的雙手歷覽的
不只是你的歡愉，
還有樹枝和土地，果實和水，
我所愛的春天，
荒漠中的月亮，野鴿子的
胸脯，
被海水或河水磨平的
石頭的光滑，
以及渴和餓在窺伺的
荊棘地裡
暗紅的密密叢叢。
如是，啊小美洲，我遼闊的祖國
在你身上迎接我的到來。

還有還有，當我看到你躺下，

我在你的皮膚裡，在你燕麥的色澤裡，
看到了我情感的國籍。
因爲從你的肩膀
熾熱古巴的
砍蔗工
注視著我，滿身黑汗珠，
而從你的喉嚨
那些在岸邊潮濕的屋子裡
顫抖的漁人們
對我吟唱他們的祕密。
如是，沿著你的身體，
親愛的小美洲，
那些土地和人民
打斷我的吻，
你的美麗於是不只

點燃起在我們之間燃燒的
永不熄滅的火焰，
還隨著你的愛向我呼喚，
通過你的生命給我
我所缺少的生命，
在你愛情的滋味裡添進泥味，
那等候我的大地之吻。

5 頌歌與萌芽／祝婚歌／途中信札

Odas y Germinaciones / Epitalamio / La carta en el camino

頌歌與萌芽

1

你嘴巴的味道和你皮膚的顏色，
皮膚，嘴巴，這些飛逝時日的果實，
請告訴我，它們是否總是在你身邊，
穿過年歲，旅途，月亮，太陽，
大地，哭泣，雨和喜悅，
或者僅僅是現在
它們從你的根部出來，
就像水帶給枯乾的土地
它不曾知道的幼芽，

或像泥土的味道在水中升起，
升向被遺忘的陶罐的唇間？

我不知道，別告訴我，你不知道。
沒有人知道這些事情。
但當我所有的感官挨近
你皮膚的光時，你消失了，
你融化，像
水果酸酸的香味
和路上的熱氣，
像脫粒的玉米的味道，
純淨午後的忍冬，
塵土飛揚的大地的名字，
祖國無垠的香氣：
玉蘭花和荊棘叢，血和麵粉，

馬群的奔馳，
村莊蒙塵的月亮，
新生的麵包：
啊，每樣東西都從你的肌膚回到我嘴邊，
回到我心，回到我的身體，
和你在一起，我再次回轉爲
大地，那大地就是你：
你是我體內深處的春天：
在你體內我再次知道我如何萌芽出生。

2

我早該察覺像串串簇簇
果實花朵在我身邊成長的你的歲月，
在你明白太陽和大地註定要你

撫慰我石塊般的雙手，
在你以顆顆葡萄釀成的
美酒在我血管歌唱前的那些歲月。
轉向的
風或馬能夠
帶我穿越你的童年，
你每天看到同樣的天空，
同樣的暗黑冬泥，
不斷岔生的李樹枝椏
以及它們暗紫色的甜美。
阻隔我們的只是幾公里的
夜色，黎明田野間
被浸濕的距離，
一把泥土——我們沒有跨越那些
透明的

牆，以便爾後生命
即使把所有的
海洋和土地
擱在你我之間，我們也能相聚
不管相隔多遠，
一步步地尋找對方，
飄洋過海，
直到我看見天空燃燒起來
而你的髮在光中飛舞，
你帶著一顆解開鎖鍊的流星之火
前來吻我，
當你融化於我的血中，
我的嘴領受到
我們童年時野生李子的甜味，
我將你緊摟入懷

彷彿重新擁有大地和生命。

3

我的野女孩，我們必須
讓時間倒流，
邁步向後，在我們生命的
遠處，不斷親吻，
從某地回收當初我們送出時沒有
領受到喜悅的東西，在另一地發現
逐漸拉近我倆足跡的
祕道，
如是在我嘴的下方，你將再度
看到你未滿足的生命之樹
向著等候你的我的心

伸展它的根莖。
我們異地而居的無數夜晚
一個一個加入
我倆結合之夜。
它們遞送給我們
每一天的光，
它的火焰，它的寧靜，
如是我們的寶物
在影裡或光中出土，
如是我們的吻親吻生命：
所有的愛包含於我們的愛：
所有的渴望在我們的擁抱中完結。
在這兒我們終於面對面，
我們相遇，
我們一無所失。

我們唇與唇相貼地遍探彼此的身體，
一千次在我們之間
翻生覆死，
我們當初像死勳章般
帶著的所有東西，
我們都拋到海底，
我們過去所學的一切
於我們未曾有益：
我們重新開始，
我們再次終結
死與生。
在這兒我們存活，
純純淨淨，帶著我們所創造的純淨，
開闊，勝過不會讓我們迷路的地球，
永恆，一如只要生命長存

便將永遠燃燒的火。

4

走筆至此，我的手停了下來。
有人問：「告訴我，爲什麼，如同浪
湧向同一海岸，你的話語
不斷地前往、返回她的身體？
她是你唯一鍾愛的形體嗎？」
我回答：「我的手從不厭倦
她，我的吻沒有休止，
我爲什麼要撤回那些
重現她情愛纏綿痕跡的話語，
那些封存著——即便徒勞
如以網裝水——

最純淨生命浪潮
之表面與溫度的話語？」
親愛的，你的身體不只是
在陰影或月光中升起的玫瑰，
不只是移動或燃燒，
血之行爲或火之花瓣，
而且爲我帶來
我的領土，我童年的黏土，
燕麥之浪，
我自森林摘回的
暗色水果的圓形皮膚，
木材與蘋果的香氣，
祕密果實與深沉樹葉落入的
隱匿水域的色澤。
啊愛人，你的身體

如甕的純粹線條
從認識我的大地升起，
當我的感官找到你，
你悸動，彷彿雨水和
種子在你體內不斷落下。
啊，讓他們告訴我如何
才能廢除你，
讓少了你形體的我的雙手
將火從我的話語攫離。
溫柔的人兒，請在這些詩行裡
歇息你的身子，這些詩得之於你的
多過你的撫摸帶給我的，
請居住於這些話語並在其中
重歷甜蜜與火，
在它們的音節間顫抖，

安睡於我的名字，一如你已
安睡於我心之上，如是明天
我的話語將保留
你形體的空位，
任何在未來某天聽見它們的人將領受
小麥和罌粟的陣風；
愛的身軀仍將
呼吸於大地之上！

5

小麥和水和水晶
或火的絲線，
文字和夜晚，
工作和憤怒，

陰影和溫柔，
逐漸地，你把它們全縫
進我破舊的口袋，
親愛的，你等候我，
不僅在愛情與殉道孿生
如兩個消防鈴的
顫動的地帶，
並且在最最微小的
甜蜜責任裡。
義大利金色油打造出你的光輪，
烹飪與縫紉的聖者，
你梳妝弄姿
流連於鏡前，
以你生有讓茉莉
嫉羨的花瓣之手

清洗碗盤和我的衣物，
消毒傷口。
親愛的，你有備而來，
以罌粟和游擊隊員之姿
參與我的生命：
我用飢與渴敲擊出的
光輝是絲質的，
只為你一人而被我帶來人世，
而絲的背後
是和我並肩作戰的
鐵女。
愛人啊，愛人，就是這裡。
絲與金屬，請挨近我的嘴。

6

而因爲愛情會爭鬥
不僅在其燃燒的農事裡
也在男人們和女人們的嘴裡，
我終將採取攻勢
擊退試圖將黑腳伸入
我的胸膛和你的芬芳之間的那些人。
他們再怎麼說我壞，
親愛的，也不會多過我
親口告訴你的。
在認識你之前
我生活在草原，
我不枯等愛情，而是
埋伏，伺機撲向玫瑰。

他們還能告訴你什麼？
我不好也不壞，只是一個男人，
而他們接著會把你也知道的
我生命的危險加上去，
我那你曾以熱情分擔的危險。
嗯，這危險
是愛的危險，全心全意
去愛整個人生，
去愛眾生的危險。
如果這愛帶來的是
死亡或牢獄之災，
我相信你那雙大眼睛
在我親吻它們時，
將會驕傲地闔上，
帶著雙重的驕傲，親愛的，

你的和我的驕傲。
但是他們首先會朝我的耳朵
暗中破壞那座以將我倆綁在一起的
甜蜜而苦澀之愛築成的高塔，
他們會說：「你所愛的
那女人
根本配不上你，
你爲什麼愛她？我覺得
你可以找到更漂亮，
更正經，更有深度，
有更多其他優點的，你懂的，你瞧她多輕浮，
她的頭眞古怪，
你瞧她的穿著，
以及諸如此類的。」
而在這些詩行裡我說：

我就是因此愛你，愛人啊，
愛人啊，我就是因此愛你，
愛你的穿著，
愛你高聳的
頭髮，愛你
嘴角牽起的笑意，
輕盈有如泉水
飛濺過純淨的石頭，
我就是因此愛你，親愛的，
我不求麵包教導我，
只求它在生命的每一天
不要遺漏了我。
我對光一無所知，它的
來處，它的去處，
我只求光能發光，

我不求夜
解釋，
我等候它，而它籠罩我，
而這就是你，麵包
和光，和陰影。
你帶著你帶來的東西
走進我生命，
我等候你，
你由光和麵包和陰影做成，
而如是我需要你，
如是我愛你，
那些想在明天從我嘴裡聽到我
不會向其透露之事的人，讓他們讀這裡的詩句，
讓他們今天先行退出，因為爭論這些
尚嫌太早。

明天我們將只給他們
一片從我們愛情之樹摘下的葉子，一片
彷彿用我們的唇打造
將會掉落大地的葉子，
像一個吻，從
我們無與倫比的高度落下，
向世人昭告眞愛的
火與溫柔。

祝婚歌

你還記得我們
在冬天
到達此島的時刻嗎？
海洋向我們高舉
寒冷之杯。
牆上爬藤喃喃
自語，任由
暗黑的葉子落下，
在我們經過時。
你也是一片
在我胸口顫動的小葉子。
生命之風將你吹送至此。

起初我未看見你：我不知道
你正與我同行，
直到你的根
刺入我的胸膛，
連上我的血液之線，
透過我的嘴說話，
與我一同蓬勃生長。
你如是不經意地出現，
如隱形的樹葉或枝椏，
突然之間我心
充滿果實和聲音。
你住進那間
在黑暗中等待你的屋子，
然後點亮燈火。
親愛的，你可還記得

初抵島上的我們的腳步聲？
灰色石頭認得我們，
陣陣的驟雨，
陰影裡呼號的風也是。
但火是
我們唯一的朋友，
在它旁邊我們
以四臂環抱
甜美的冬日之愛。
火看見我們赤裸之吻上升
直達隱匿之星辰，
它看見憂傷誕生又死亡，
像一把斷劍
臣服於無敵之愛。
你可記得，

啊，我影子裡的沉睡者，
睡夢如何在你體內
生成，
從挺著一對圓頂
向海、向島嶼之風敞開的
你裸露的胸脯，
我在你夢裡航行，
自由自在，乘浪隨風，
卻又被綑著沉入
你甜蜜的藍色海域？
噢親愛，親愛的，
春天改變了
島嶼之牆。
開出一朵看似橙色
血滴的花，

而後色彩釋放出
所有純粹的重量。
海再次征服它的透明，
夜晚在天空
分遣其星團花簇，
如今萬物輕聲呼喚
我們的愛之名，一顆一顆石頭地
說出我們的名，我們的吻。
石與青苔的島嶼
在洞穴的祕密中迴響
有如你嘴裡唱的歌，
在石縫間
出生的花朵
以其祕密的音節
在經過時道出你如

燃燒的樹般的名字，
而陡峭的山岩，高挺
如世界之牆，
聽懂我的歌，最親愛的，
萬物訴說
你的愛，我的愛，親愛的，
因為大地，時間，海洋，島嶼，
生命，潮汐，
泥土中嘴唇
半開的種子，
狼吞虎嚥的花，
春之律動，
萬物皆認得我們。
我們的愛誕生
於牆外，

於風中，
在夜晚，
在土裡，
正因爲如此，黏土與花朵，
泥與根
知道你的名字，
知道我的嘴
和你的合而爲一，
因爲我們一起被播種於土裡，
卻唯獨我們被蒙在鼓裡。
我們一起成長，
一起開花，
因爲這緣故，
我們經過時，
你的名字在石上生長的

玫瑰花瓣上，
而我的名字在石縫間。
它們無所不知，
我們無祕密可言，
我們一起長大
卻渾然不覺。
海洋知道我們相愛，高山上的
石頭知道
我們的吻以無邊的純眞
開出鮮花，
彷彿石縫中有張緋紅的
嘴露出：
就像我們的愛和吻
讓你我的嘴
結合於一朵永恆的花中。

愛人啊，
甜蜜的春天，
花和海洋，環繞著我們。
我們不曾用它
換取我們的冬天，
當風
開始破譯如今它整日反覆叫喚的
你的名字，
當
樹葉不知道
你是一片葉子，
當
樹根
不知道你在我胸口
尋找我。

愛人啊，愛人，
春天
賜與我們天空，
但黑暗的大地
是我們的名字，
我們的愛情屬於
所有時間和大地。
彼此相愛，我的手臂
在你沙一般的頸下，
我們將等候
一如島上
大地和時間變易，
一如葉子自
沉默的爬藤落下，
一如秋天破窗

離去。
但我們
會等待
我們的朋友，
我們紅眼的朋友，
火，
當風再次
搖撼島嶼的邊界
卻不知曉每個人的
名字，
冬天
會來找我們，親愛的，
自始至終
它都會來找我們，因爲我們認識它，
因爲我們不畏懼它，

因爲我們
永遠
有火
相伴，
永遠
有大地
相伴，
永遠
有春天相伴，
當一片葉子
自爬藤
落下，
親愛的，你知道
那片葉子上
寫了誰的名字，

一個你我共有的名字，
我們的愛之名，獨一的
個體，將冬日刺穿
之箭，
無敵之愛，
白日之火，
落在我胸口的
一片葉子，
一片葉子，來自
生命之樹——
它築巢歌唱，
生根，
開花又結果。
如是，親愛的，你看見
我如何

繞行這島嶼，
繞行這世界，
安然地，在春日中，
瘋狂地，在冷光中，
平靜地，在烈火中行走，
雙臂高舉
你花瓣之重量，
彷彿我從未移動腳步
除非與你，我的靈魂，同行，
彷彿我寸步難行
除非有你相伴，
彷彿我無法歌唱
除非有你唱和。

途中信札

別了，但你會和我
在一起，你會走進
循環於我血管中的一滴血裡，
或在外面，一個讓我臉頰發熱的吻，
或者一條在我腰間的火腰帶。
我的愛人，請接受
這湧自我生命的偉大的愛，
它在你身上找不到領土，
彷彿探險者迷失於
麵包和蜂蜜的島嶼。
我在暴雨後
找到你，

雨洗淨了空氣，
在水中
你甜美的腳像魚一樣閃閃發光。
親愛的，我奔赴戰鬥。

我將在地上為你挖一個洞，
那兒，你的船長
將等著你，床上鋪滿鮮花。
我的可人兒，別再想
那痛苦，
它像一道磷光
橫過我們之間，
也許在我們身上留下烙印。
和平也已到臨，因為我返回

我的土地戰鬥，
而由於我有一顆完整的心，
裡面有你給我的永恆的
血，
且由於
我有
印滿你赤裸形體的我的兩隻手，
請看我，
請看我，
看我燦然地航過海，
看我航過夜，
那海與夜是你的一雙眼睛。
我離去時並沒有離開你。
現在我要告訴你：
我的土地就是你的土地，

我要征服它，
不只爲了送給你，
也要送給所有的人，
送給我所有的同胞。
有一天，盜賊會跑出他的巢穴。
侵略者會被趕走。
所有生命的果實
會在曾經熟習火藥的
我的手上生長出。
我會知道如何輕觸新生的花朵
因爲你教給我溫柔。
我親愛的可人兒，
你會來與我一起去戰鬥肉搏，
因爲你的吻像一面面紅旗
住在我心，

而如果我倒下了，不只
大地會覆蓋我，
你帶給我且在我血液中循環湧動的
這偉大的愛也會。
你會來與我一起，
在那一刻，我等候你，
在那一刻，在每一刻，
在每一刻，我等候你，
當可恨的悲傷前來
敲你的門，
告訴它，我在等候你，
當寂寞要你換掉
寫有我名字的戒指，
告訴寂寞來跟我談，
告訴它，我不得不離開

因為我是一名士兵，
告訴它此刻我在何處，
在雨中或
火中，
我的愛人，我等候你。
我等候你，在最惡劣的沙漠，
在盛開的檸檬樹旁，
在每一個有生命的地方，
在春天誕生之處，
我的愛人，我等候你。
當他們告訴你：「那個人
並不愛你」，請記得
我的腳在那夜裡多麼孤單，它們尋找
我所愛的那雙甜美的小腳。
親愛的，當他們告訴你

我已經把你忘了，哪怕是
出自我口，
當我這樣說時，
請別信我，
有誰，有何方法，能將
你割離我心，
又有誰能收受
我的血
當我鮮血淋漓走向你？
但我仍然無法
忘記我的同胞。
我要在每一條街上，
每塊石頭的後面戰鬥。
你的愛情也幫助我：
它是一朵閉合的花

不斷地以其芬芳充實我，
在我體內像一顆巨大的星星
突然綻放。

我的愛人，這是夜。

黑色的水，沉睡的
世界圍繞著我。
黎明很快會到來，
而此際我寫這麼多
是爲了告訴你：「我愛你。」
告訴你「我愛你」，請照料，
潔淨，鼓舞，
護衛
我們的愛情，親愛的。

我把它留給你，就像留給你
一把含著種子的泥土。
生命將從我們的愛情誕生。
他們將從我們的愛情啜飲水。
也許有一天
一個男人
和一個女人，一如
我們，
將觸摸這愛情，而它仍然有力量
灼燒那觸摸它的手。
我們是誰？那有什麼要緊？
他們將觸摸這火，
而這火，我的可人兒啊，將說出你簡單的名字
以及我的，唯有你
知道的名字，因爲這世上

唯有你一人知道
我是誰，因爲沒有人能如你的，
如你的一隻手那樣地瞭解我，
因爲沒有人
知道我的心如何
燃燒，何時燃燒：
只有
你棕色的大眼睛知道，
你寬闊的嘴巴，
你的皮膚，你的乳房，
你的肚子，你的心腸，
以及被我喚醒，以便
持續歌唱直至生命
盡頭的你的靈魂。

親愛的，我等候你。
別了，親愛的，我等候你。
親愛，親愛的，我等候你。

這封信如是結束，
全無悲傷：
我的腳堅立於地上，
我的手在途中寫這信札，
在生命途中，我將
永遠
與朋友同在，面對敵人，
我的嘴含著你的名字
和一個永不會與
你的嘴分離的吻。

聶魯達年表

陳黎・張芬齡 編

一九〇四　七月十二日生於智利中部的農村帕拉爾（Parral）。本名內夫塔利・里卡多・雷耶斯・巴索阿爾托（Nefatalí Ricardo Reyes Basoalto）。父爲鐵路技師，母爲小學教員。八月，母親去世。

一九〇六　隨父親遷居到智利南部邊境小鎮泰穆科（Temuco）。在這當時仍未開拓，草木鳥獸尙待分類的邊區，聶魯達度過了他的童年與少年。

一九一四　十歲。寫作了個人最早的一些詩。

一九一七　十三歲。投稿泰穆科《晨報》（*La Mañana*），第一次發表文章。怕父親知道，以Pablo Neruda之筆名發表。這個名字一直到一九四六年始取得法定地位，變成他的眞名。

一九一八　擔任泰穆科《晨報》的文學編輯。

一九二一　離開泰穆科到聖地牙哥，入首都智利大學教育學院攻讀法文。詩作〈節慶之歌〉（"La canción de la fiesta"）獲智利學聯詩賽首獎，刊載於學聯雜誌《青年時代》。

一九二三　第一本詩集《霞光》（*Crepusculario*）出版；在這本書裡聶魯達試驗了一些超現實主義的新技巧。

一九二四　二十歲。出版詩集《二十首情詩和一首絕望的歌》（*Veinte poemas de amor y una canción desesperada*），一時名噪全國，成爲傑出的年輕智利詩人。

一九二五　詩集《無限人的試煉》（*Tentativa del hombre infinito*）出版；小說《居住者與其希望》（*El habitante ye su esperanza*）出版。

一九二六　散文集《指環》（*Anillos*）出版。

一九二七　被任命爲駐緬甸仰光領事。此後五年都在東方度過。在這些當時仍是英屬殖民地的國家，聶魯達開始接觸了艾略特及其他英語作家的作品，並且在孤寂的日子當中寫作了後來收在《地上的居住》裡的那些玄祕、夢幻而動人的詩篇。

一九二八　任駐斯里蘭卡可倫坡領事。

一九三十　任駐爪哇巴達維亞領事。十二月六日與荷蘭裔爪哇女子哈根娜（Maria

Antonieta Hagenaar）結婚。

一九三一　任駐新加坡領事。

一九三二　經過逾兩個月之海上旅行回到智利。

一九三三　詩集《地上的居住．第一部》（*Residencia en la tierra, I*, 1925-1931）在聖地牙哥出版。八月，任駐阿根廷布宜諾斯艾瑞斯領事。十月，結識西班牙詩人羅爾卡（Federico García Lorca）。

一九三四　任駐西班牙共和國巴塞隆納領事。女兒瑪麗娜（Malva Marina）出生於馬德里。翻譯英國詩人布萊克（William Blake）的作品〈阿比昂女兒們的幻景〉（"Visions of the Daughters of Albion"）和〈精神旅遊者〉（"The Mental Traveller"）。結識大他二十歲的卡麗兒（Delia de Carril）——他的第二任妻子，兩人至一九四三年始於墨西哥結婚。與西班牙共黨詩人阿爾維蒂（Rafael Alberti）交往。

一九三五　任駐馬德里領事。《地上的居住．第一及第二部》（*Residencia en la tierra, I y II*, 1925-1935）出版。編輯出版前衛雜誌《詩的綠馬》（*Caballo Verde para la Poesía*），爲傳達勞動的喧聲與辛苦，恨與愛並重的不純粹詩辯護。

一九三六　西班牙內戰爆發。詩人羅爾卡遭暗殺，聶魯達寫了一篇慷慨激昂的抗議書。解除領事職務，往瓦倫西亞與巴黎。與哈根娜離異。

一九三七　回智利。詩集《西班牙在我心中》（*España en el corazón*）出版，這是聶魯達對西班牙內戰體驗的紀錄，充滿了義憤與激情。

一九三八　父死。開始構思寫作《一般之歌》（*Canto general*）。

一九三九　西班牙共和國垮台。被派至法國，擔任負責西班牙難民遷移事務的領事。詩集《憤怒與哀愁》（*Las furias y las penas*）出版。

一九四〇　被召回智利。八月，擔任智利駐墨西哥總領事，至一九四三年止。一九四二女兒瑪麗娜病逝歐洲。

一九四三　九月，啓程回智利，經巴拿馬，哥倫比亞，祕魯諸國。十月，訪祕魯境內之古印加廢墟馬祖匹祖高地。十一月，回到聖地牙哥，開始活躍於智利政壇。

一九四五　四十一歲。當選國會議員。加入共智利共產黨。與工人、民衆接觸頻繁。

一九四六　在智利森林公園戶外音樂會中初識後來成爲他第三任妻子的瑪提爾德·烏魯齊雅（Matilde Urrutia）。

一九四七　詩集《地上的居住·第三部》（*Tercera residencia,* 1935-1945）出版。開始發表《一般之歌》。

一九四八　智利總統 González Videla 宣布斷絕與東歐國家關係，聶魯達公開批評此事，因發覺有被捕之虞而藏匿。智利最高法庭判決撤銷其國會議員職務，法院亦對其通緝。

一九四九　共黨被宣告爲非法。二月二十四日聶魯達開始流亡。經阿根廷至巴黎，莫斯科，波蘭，匈牙利。八月至墨西哥，染靜脈炎，養病墨西哥期間重遇瑪提爾德，開始兩人祕密的戀情。

一九五〇　《一般之歌》出版於墨西哥，這是聶魯達歷十二年完成的偉大史詩，全書厚四百六十八頁，一萬五千行，共十五章。訪瓜地馬拉，布拉格，巴黎，羅馬，新德里，華沙，捷克。與畢卡索等藝術家同獲國際和平獎。

一九五一　旅行義大利。赴巴黎，莫斯科，布拉格，柏林，蒙古，北京——在那兒，代表頒發國際和平獎給宋慶齡。

一九五二　停留義大利數月。詩集《船長的詩》（*Los versos del capitán*）匿名出版於那不勒斯，這是聶魯達對瑪提爾德愛情的告白。聶魯達一直到一九六三年才承認是此書作者。赴柏林與丹麥。智利解除對聶魯達的通緝。八月，回到智利。

一九五三　定居於黑島（Isla Negra）——位於智利中部太平洋濱的小村落，專心寫作。開始建造他在聖地牙哥的房子「查絲蔻納」（La Chascona）。

一九五四　旅行東歐與中國歸來，出版情詩集《葡萄與風》（*Las uvas y el viento*）。詩集《元素頌》（*Odas elementales*）出版，收有六十八首題材通俗、明朗易懂，每行均很短的頌詩。

一九五五　與卡麗兒離異。與瑪提爾德搬進新屋「查絲蔻納」。訪問蘇俄，中國及其他社會主義國家，以及義大利，法國。回到拉丁美洲。

一九五六　《元素頌新集》（*Nuevas odas elementales*）出版。回到智利。

一九五七　《元素頌第三集》（*Tercer libro de las odas*）出版。開始寫作《一百首愛的十四行詩》（*Cien sonetos de amor*），這同樣是寫給瑪提爾德的情詩集。

一九五八　詩集《狂想集》（*Estravagario*）出版。

一九五九　出版詩集《航行與歸來》（*Navegaciones y regresos*）。出版《一百首愛的十四行詩》。

一九六一　詩集《智利之石》（*Las piedras de Chile*）出版。詩集《典禮之歌》（*Cantos*

ceremoniales）出版。

一九六二　《回憶錄：我承認我歷盡滄桑》（*Confieso que he vivido: Memorias*）於三月至六月間連載於巴西的《國際十字》（*Cruzeiro Internacional*）雜誌。詩集《全力集》（*Plenos poderes*）出版。

一九六四　七月，出版自傳體長詩《黑島的回憶》（*Memorial de Isla Negra*），紀念六十歲生日。沙特獲頒諾貝爾文學獎，拒領，理由之一：此獎應頒發給聶魯達。

一九六六　十月二十八日，完成與瑪提爾德在智利婚姻合法化的手續（他們先前曾在國外結婚）。出版詩集《鳥之書》（*Arte de pajaros*）；出版詩集《沙上的房子》（*Una casa en la arena*）。

一九六七　詩集《船歌》（*La barcarola*）出版。發表音樂劇《華金·穆里葉塔的光輝與死亡》（*Fulgor y muert de Joaquín Murieta*），這是聶魯達第一個劇本。

一九六八　詩集《白日的手》（*Las manos del día*）出版。

一九六九　詩集《世界的末端》（*Fin de mundo*）出版。

一九七〇　詩集《天上之石》（*Piedras de pielo*）出版。寫作關於人類進化起源的神話詩《熾熱之劍》（*La espada encendida*）。阿葉德（Salvador Allende）當選智利總統：事實上，在阿葉德得提名之前，聶魯達一度是共黨法定的總統候選人。

一九七一　再度離開智利，前往巴黎就任智利駐法大使。十月二十二日，獲頒諾貝爾文學獎。

一九七二　發表〈四首法國詩〉；出版《無果的地理》（*Geografía infructuosa*）。在領取諾貝爾獎之後帶病回國，然卻不得靜養，因爲此時的智利已處在內戰的邊緣。

一九七三　發表詩作《處死尼克森及讚美智利革命》（*Incitación al Nixonicido y alabanza de la revolución chilena*）。九月十一日，智利海軍、陸軍相繼叛變，聶魯達病臥黑島，生命垂危。總統府拉莫內達宮被炸，阿葉德被殺。九月二十三日，聶魯達病逝於聖地牙哥的醫院，享年六十九歲。他的葬禮變成反對軍人政府的第一個群眾示威，他在聖地牙哥的家被闖入，許多書籍文件被毀。詩集《海與鈴》（*El mar y las campanas*），《分離的玫瑰》（*La rosa separada*）出版。

一九七四　詩集《冬日花園》（*Jardín de invierno*），《黃色的心》（*El corazón amarillo*），《二〇〇〇》（*2000*），《疑問集》（*El libro de las preguntas*），《哀歌》（*Elegía*），《精選的缺陷》（*Defectos escogidos*）出版。《回憶錄：我承認我歷盡滄桑》出版。

九歌文庫 946

船長的詩 Los versos del capitán

作者	聶魯達（Pablo Neruda）
譯者	陳黎・張芬齡
責任編輯	蔡佩錦
創辦人	蔡文甫
發行人	蔡澤玉
出版發行	九歌出版社有限公司 臺北市105八德路3段12巷57弄40號 電話／02-25776564・傳真／02-25789205 郵政劃撥／0112295-1
九歌文學網	www.chiuko.com.tw
印刷	晨捷印製股份有限公司
法律顧問	龍躍天律師・蕭雄淋律師・董安丹律師
初版	2016年8月
定價	250元

書號　0130051

ISBN　978-986-450-081-9

（缺頁、破損或裝訂錯誤，請寄回本公司更換）

國家圖書館出版品預行編目資料

船長的詩／聶魯達(Pablo Neruda)著；陳黎, 張芬齡譯. -- 初版. -- 臺北市：九歌，2016.08

192面；14.8x21公分. --（九歌文庫；946）
譯自：Los versos del capitán

ISBN 978-986-450-081-9（平裝）

885.8151 105012351